I0619028

Crepúsculo, torsos y polen

Juan Manuel Alsina

Ediciones Laponia
Houston, TX
2019

Copyright © 2019 Juan Manuel Alsina
Todos los derechos reservados.
Título: Crepúsculo, torsos y polen
Autor: Juan Manuel Alsina
Corrección y edición: Whigman Montoya Deler
Jorge Venereo Tamayo

Diseño de portada y contraportada: Jorge Venereo Tamayo
Foto de portada: Terra del Fuoco de Wilhelm von Gloeden

Todos los derechos reservados. Publicado en los
Estados Unidos de América por Ediciones Laponia,
LLC. Prohibida la reproducción total o parcial de este
libro sin autorización previa del autor.

Información de catalogación de publicaciones
disponible en la Biblioteca del Congreso de los Estados
Unidos.
LCCN # 2019946801

ISBN: 1-7339540-3-1
ISBN-13: 978-1-7339540-3-7

info@edicioneslaponia.com

www.edicioneslaponia.com

Made in USA, 2019

Ediciones Laponia

Índice

Conversación con mi padre cuando medita   9

CREPÚSCULO

Los muchachos juegan en la esquina   15

La amistad comienza con una sonrisa   17

Morir todavía no es tiempo   18

Adolescente surrealista   20

20.viii.2000/ 3:00 am.   23

Gritos   24

No imagino torso sin astro   25

Como ave que palpa el lirio   27

La ausencia asecha desde el erial   28

Deja que los ojos canten lo vivido   29

La caída de tus ojos   30

La noche me regala un nombre   31

Abandonas la cascada   32

Canción para el crepúsculo   33

Ángel que me visitas   36

Detrás del crepúsculo   37

TORSOS

Carta a robert mapplethorpe   43

Tu lengua navega en mi boca   46

Fui violado   47

Los astros confabularon para la colisión   50

Sentir tu torso y sus giros   52

No más mirarte   54

Estás ausente y las nornas lloran   56

Al ocaso de mi camino   57

Una boca busca el beso del volcán   58

Un adán   59

Espero impaciente tu llamada   61

Él adopta modales femeninos   62

Sus ojos menguan al mirar   64

Marisma   65

POLEN

Apareces como sortilegio   71

Estoy amando a un hombre   72

Para sumergirte en mi corazón   73

Frecuentador de besos y polen   75

Un hombre y su poema   77

Cómo conocerte si nunca te aprendí   78

Galeón mío, encalla en esta orilla   79

Viajero, vienes y te vas   81

Y si me marcho   82

Rastreador de perlas   84

Soy un extraño, el transeúnte raro   85

Estoy bajo la piel del cometa   87

Luces y sombras opacan la transparencia   88

Ausencia   89

Quedó la ciudad para ocultarnos   91

Tus botas   92

Quisiera tener tus manos entre las mías   94

Restaura este templo en ruinas   97

CONVERSACIÓN CON MI PADRE CUANDO MEDITA

Padre, cómo mirar al horizonte sin que la postura se afecte, has marcado la pauta del desprecio, muro de sangre y odio. No puedo manipular el cañón, juego a las escondidas con soldados que brindan su cuerpo, les ofrezco ron, cigarros y monedas. Te acercas, torvo, quieres incinerar mis alas, que nacen y mueren cada día junto a los sueños; inútil moldearme a tu gusto, he crecido bajo flores y besos de amantes.

Padre, cómo mirar a tus ojos, sin temblar; el maquillaje esconde el rostro y las pestañas, nerviosas, delatan mi camino. No puedo tomar el hacha, derribar el árbol; el árbol es el escondite, mi escudo, mi casa. No quiero besar a las muchachas, tienen labios hinchados de veneno; ellas me odian porque seduzco y amo a sus novios.

Padre, no pidas vestir de verde, el color no enmienda lazos invertidos ni caminar en punta de pies, el verde no ata a la tierra; el alma navega por nubes, en la entrepierna de jóvenes alegres. Soy templo donde ellos depositan su ofrenda, el cáliz donde derraman la virilidad; soy altar y cordero de inmolación, el mártir dispuesto a crucificarse en sus cuerpos sudorosos, velludos, aseados.

Padre, no eres mi ídolo, tu lugar lo ocupan Cher y Marilyn, quiero ser como ellas. No importa llevar el bochorno de tus amigos tatuado en el corazón, escupitajos en la espalda, manos y pies. Las plumas, como enredadera, crecen, se adhieren, no se rasuran. ¡Padre!, no puedo matarlas. Soy inocente en mi pecado, no tengo vestidos ni tacones ni muñecas, sin embargo, espero al príncipe azul, mientras, celebro cumpleaños rodeado de seda y condones. No te miento, escribo cartas de amor a vecinos y hombres casados; las mariposas son amigas y confidentes; la luna, madre y celestina; vivo y cohabito con ángeles pervertidos.

Padre, nunca seré como tú. No quiero tu barba ni herramientas de trabajo, ofenden el carmín en los labios y el perlado en las uñas.

Padre, crucé la línea, no hay regresos.

CREPÚSCULO

JUAN MANUEL ALSINA

(…) formo parte de un gremio, de una sociedad clandestina, de una secta exquisita y alucinante, somos muchos, cada día somos más.

Anna Lidia Vega Serova

JUAN MANUEL ALSINA

Los muchachos juegan en la esquina, los veo desde la acera, desnudos hasta la cintura; juegan en grupos, se divierten, sudan. Los admiro sentado en el banco, oculto por el jardín, el atardecer de fondo. Ríen, pelean al jugar, ajenos a la observación, al espionaje de sus movimientos, saltos, malas palabras. Otras personas los observan también, con otros ojos, desde otra perspectiva.

Los muchachos juegan en la esquina, los miro humedeciéndome los labios, me gustaría bañarme con su sudor, extasiarme con el olor que despiden sus cuerpos quiero ser la pelota que tocan las manos sucias, besar sus pies llenos de polvo y mal olientes. Ellos juegan, toman agua, chocan los cuerpos en la net. Los desnudo uno a uno, con mi lengua acaricio los muslos y ellos sonríen, gritan, ajenos a mi lascivia, a mis deseos.

Finjo leer, fumo, el humo es la niebla que los separa de mi mano; pienso: deberían ser míos, pero están ahí, en la esquina, jugando, destilando sudor y juventud. Otras miradas los alejan de mí, tejen la net de la prohibición, allí juegan sus hijos, nietos y sobrinos. Pienso si son sobornables con dinero, ron, cigarros, un short nuevo para jugar y sudar, ajenos a lo que dicten los mayores.

Los amo a todos, a cada uno; en la cama juego con ellos; gritan, dicen malas palabras, me desnudan y las otras personas quedan en la esquina, espían desde la acera, ocultos en el jardín. Fumo, el humo es la niebla que separa a los deportistas de los mayores, estos no pueden ver que soy parte de su juego, soy la pelota que salta de mano en mano, el sudor cubriendo sus cuerpos, soy parte del polvo y mal olor de sus pies. La net ampara, los separa, y pienso: qué harán los mayores cuando sepan que sus hijos, nietos y sobrinos fueron míos.

LA AMISTAD COMIENZA CON UNA SONRISA

José Lezama Lima

La mía la tienes ganada. Es el trofeo. La premura del Bolero de Rabel, incisión en la esquina, indagación del aplauso. El Mar Muerto lamiendo poses en el fondo del Tártaro. Dentro estás tú, cazador de siempre. Estás en el vino, en los héroes homéricos, en los estandartes del Coliseo, allí hay fieras que despedazan si no te abandonas en la mirada suave y dulce, ellas conocen de tu herida, de tu indecisión al saltar, los escondites dejan de ser seguros; esas ansias siémbralas entre el eclipse y el otoño, en el desatino del fin, en las luces que te convertirán en el hidalgo que espero sentado a la orilla de la lluvia.

MORIR TODAVÍA NO ES TIEMPO

> Besa mi boca y bástate, amigo mío,
> besa, besa, besa mi boca
> y olvida tu negra amargura
> amado mío.
> Muwassahah

Para Ramphy

I.

El veneno de la tristeza inocula tu vida, socava la melancolía, la incertidumbre y ansías morir; el corazón, postigo enmohecido, no lo abres al sortilegio, es el invierno quien apaga el canto. Las cenizas consumen tus desesperos, deseos insatisfechos, regurgitan en la espalda, entumece la espera, la noria de lo perdido; los besos chocan, no saben qué hacer, te desplomas irremediable en el desaliento, desconoces que el lado de la felicidad muchas veces se encuentra en el rostro del espejo donde no osas observarte por temor a contemplar tu soledad. Otoño se precipita en los ojos, en el polvo, en los labios y tienes las manos tendidas al vacío.

II.

Lloras entre columnas, sufres, déjate amar debajo del naranjo en flor, construir caricias, ser mercado donde vendas tus mejores sonrisas; posa tu fragancia en mi piel, permíteme cantar versos para que seas feliz con las constelaciones. Mis sueños atados a los tuyos remontan vuelos, la eternidad nos guiará; lloraré contigo, ven, descansa en mi regazo, seré melodía para el sosiego. No claudiques, como a la mariposa le llega el color, arriba la hora esperada, todavía no es tiempo de morir porque falta que la felicidad invada tu cuerpo.

Adolescente surrealista, crisálida retornado del éter, lo efímero se revuelca en el óleo, los dioses esculpen el torso en nenúfares; tu figura contiene almíbar, terrón de tormentas, profundidad.

Adentrarme en tus ojos, telas bombardean luz, palpitan las Musas su romance prematuro. Te observo, descubro ciclos en la luna, el intermitente gorjeo de hojas bocarriba, orgasmo, juego del timador, el verdugo se enamora de la guillotina; movimientos, remolino de arena y semen recorren la playa, la foto acantilada, círculo del beso, ansias, ritos de jóvenes. Sonríes, caramillo del fauno, guerra de nubes y nácar, es sentir la tentación del abismo, querer ser parte del fuego, pertenecer al rompecabezas.

Adolescente surrealista, domador del caballete y el pincel, tienes una nota en el viento: te espero bajo el flamboyán.

A Leodan

I.

En un instante me regalas las estrellas y su sinfonía. Supiste aligerar el paso por la avenida de hojas húmedas y confundirte con la lluvia para darme el beso. El corazón no alcanzó el abrazo, como todo lo fugaz quedé entre el tiritar y la caricia, quién dará sosiego al pecho, a las manos tendidas si desde un bosque de columnas, impacientes seres atisban, espían, aguardan tu presencia, tu entrega, el recorrido de tu lengua por mi piel, la promesa detrás de la luna, otro encuentro, otro lugar.

II.

En cambio, a nosotros más tardíos, parécenos estar condenados a la lucha, a la marcha a través de yermas soledades, de dudas perennes y amargas ironías; sin otras mercedes que la nostalgia y el prurito.

Hermann Hesse

Oscuro ángel, déjame amarte sin límites, más allá de la sombra, detrás del biombo, en el espejo; la noche y la lluvia valen menos que una sonrisa. Cuando te abrazo palpo niebla, ideas confusas, apenas me embriago con tu fragancia. Regalas el vendaval, sueños para dos, quedas lejano, esperas las estaciones. Tienes miedo trasgredir, a alzar la voz, permitir que las manos y los cuerpos enlacen, impulsen al corazón.

20.VIII.2000/ 3:00 am.

Entre escombros del alba, bajo la sombra de pétalos, a contracorriente, sin argonautas, navegas hasta mi orilla.

Tu cuerpo, ambrosía de dioses, ídolo que funde magia y kamasutra, prende fuego a mis huesos. ¿Qué hago con estos besos que han quedado en la cárcel del alma, con esta angustia de poseer un retazo de tu piel, el brillo de tus ojos? ¿Cómo ponerle bridas a la melancolía que flagela, desorbita, ata de pies y manos? No debo hacer conjuros para regresarte, una sola vez no bastará.

Después de ti no existirán brazos que enlacen, manos que toquen, ojos que desnuden, calor que arrope, me cobije del tiritar de la soledad.

GRITOS

En mi sangre clava con premura el beso robado, apacigua el remolino de cenizas: desesperados labios. Cuenta las horas al revés, vísteme de blasfemias, hiere con desiertos, inconexo amante de nubes. En el fondo de la botella mezcla hechizos, pócimas en los ojos. Húndeme el abismo.

NO IMAGINO TORSO SIN ASTRO

A Pedro Adolfo

No imagino mirada pétrea en el lienzo, aquel ánimo libélulas enardece, la escala media entre lo querido y el querer, periplo hacia la ternura que se escurre sin esperanza, júbilo del beso negado. No imagino torso sin astro, paso vacilante, quebrar del cáñamo, oboe mudo, sirena mutilada en medio de zarzas y granizos. Cosas sencillas, temerosas de ser descubiertas, deshechas por tanta ternura (zozobra). No imagino cama solitaria, yerta, sin tu espalda, la mano acaricia la almohada, apila sábanas, sin sueños columpiándose sobre el cuerpo.

No imagino al hombre que duerme en ti. Despiértalo. Déjalo jugar. La luna se sonroja al ver la sombra cantar poesías. Ese hombre también tirita ante el rocío.

No imagino labios apretados para prohibir, la palabra abre puertas y ventanas. Las flores están muertas, el jardinero no quiso regarlas; los colores no forman el arcoíris si no imaginas ángeles caídos.

No imagino vida fugitiva, huyendo del imposible, del atardecer que impone aromas; alguien que eres tú pero vestido al revés, que gotea al interior, parodiado con Alicia y la Liebre Marceña en la hora del té.

No imagino la negación del cuerpo.

Como ave que palpa el lirio, besé tus labios. Tu cuerpo retornó hechizos.

La ausencia asecha desde el erial y el corazón es un cucu enmudecido. Sin ti soy loco sin canto ni noria, no hay cuerdas para atarme, crucificarme en tu cuerpo. Mi alma es el rompecabezas, diana de locuras y bochornos. No quedan sueños en las venas, la mano no está aferrada al pensamiento.

Deja que los ojos canten lo vivido. ¡No hables! El lenguaje y las manos desaparecen sumisos.

LA CAÍDA DE TUS OJOS

Iguazú precipita ansias de adentrarme en el infinito de su color, desmorona el miedo de ahogarme en la profundidad. Desde la lejanía los vigilo, lámpara dormida, inquieta, atormenta al corazón; ante tanta belleza me postro, hormigas acampan en mi piel. Mirada aguda y límpida, saeta que se clava en mi postura, acorta el tiempo, martiriza, sin poder comprender los absolutos.

LA NOCHE ME REGALA UN NOMBRE

Rilke

Para Ariel

Un nombre esculpido en el pecho. Dibujo esa faz, dientes de jazmín, la boca balbucea cerezas, crepúsculo y la piel arropa. Juglar escondido en la luna, los dioses te crearon para mí, escurridizo, de cabellos atezados; tu timidez broncea el alma, amigo, guardián y novio de Musas. Fuiste creado para suspirar versos, brindar quietud.

Adolescente mío, espero tu adultez como a la muerte, en bancos de felación, desafiando prohibiciones. La prohibición te aleja, te arrebata de mis brazos, brazos extendidos entre escombros y jueces. ¡Malditos tus carceleros, mis opositores!

ABANDONAS LA CASCADA

A dónde te escondiste
Amado, y me dejaste con gemido
Como el ciervo huiste
Habiéndome herido;
Salí tras Ti clamando, y eras ido.

San Juan de la Cruz

Para Maikel

El lecho de lo mitológico, gotas de mar en mis ojos, salobre momento después del huracán: tu huida. El tiempo te armó fugitivo, retorcido hado conduce a ninguna parte, profanando los deseos. Tu lejanía jamás se sintió, ladrón del relámpago, el carnaval terminó y aún hay fantasmas travestidos de Bella Durmiente, ¿qué Lumiére proyectará tu estampida?

CANCIÓN PARA EL CREPÚSCULO

Para Yorvas

Al final todos dormimos solos. Él lo sabe, no acepta la verdad como nunca aceptó ser el hijo más pequeño, el desvalido, el gorrión caído del nido, a merced de los gatos; nunca aceptó que las flores se marchitaran sin poder darles color, resembrarlas. Él sabe que los perfumes y los amantes son efímeros, instantes en el éter, parpadeo de velas. Frente a la puerta de la calle, sentado en el viejo sillón del padre llora la vida, espera la llegada de las estaciones, a veces no espera nada. El silencio siempre lo acompaña. Estira las sábanas, con el mismo gesto quiere alisar los años, las arrugas, los achaques; la cama susurra nombres, cuenta historias, despide olores, él escucha, suspira y gime. Las historias quedaron en el corazón, bajo la almohada, las historias semejan jardines multicolores, alientan hasta entrado el atardecer. De nada vale mirar atrás, le dicen, él vive del pasado, en el recuerdo, cuando reía descalzo bajo la lluvia, de mano con el otoño desnudo desandaba el invierno; dormía bajo el ciruelo, contando hormigas, bebiendo la miel de las abejas. Al final todos dormimos solos. A través de la rendija espía el paso del vendedor de pasteles, el pregonero de bisuterías, del ladrón, del viento y la hojarasca; la rendija anuncia los ciclones y la humareda, a los amantes, furtivos amantes, quienes como las golondrinas de luna llena y cuarto menguante, desaparecen al encontrar las arcas vacías, al sentir el frío de manos dispersas; esas manos sin melodías, sin un tiempo para escalar torsos anochecidos, febriles, como el David, como el Apolo. Las mismas manos agitaron la efervescencia hasta precipitarla en la boca; manos palpando la madera carcomida, manos que empuñan el candil y juegan con las sombras y el ocaso. Él sabe que la tristeza es un niño encendiendo fósforos. A la boca saltan los versos de Dulce María "Otro día ha pasado y nadie se me acerca/ me siento ya una casa enferma, una casa leprosa./ Es necesario que alguien venga/ a ordenar, a gritar, a cualquier cosa." Las estrellas le anuncian la procesión de la noche, la danza de los cocuyos, la sinfonía de los grillos, la suave brisa del mar. Al final todos dormimos solos. Reniega a dormir en el lecho matrimonial, es grande, atemoriza, espanta.

Prefiere esconderse en la cama pequeña, es estrecha, ampara, detiene los malos augurios, el pesimismo; la cama pequeña es una madre con los brazos abiertos, acuna, ofrece dulces sueños, en los cuales se levantará sin preocupaciones, encontrará la casa habitada, recién pintada y perfumada, en la mesa, la taza de leche humeante, los huevos y el pan calientes; en medio de la sala habrá una fuente plateada, de aguas saltarinas y purificadoras, le calmarán la sed del miedo y lo librarán de la soledad; por eso, duerme solo en la pequeña cama, las manos murmuran que al final todos dormimos solos.

Ángel que me visitas, tierno y silencioso, buscándote me encontré. No eres héroe ni dios. Te prefiero terreno. Las estaciones se confunden en tu rostro enigmático donde el dolor se extingue y las ansias se enervan.

Ángel que me visitas, refugio para abandonarme, estás a mi lado y no temo al ocaso, con tu candor abrazas mi silencio. Sin ti perderé el camino.

DETRÁS DEL CREPÚSCULO

En el fondo del lago te reflejas. Mi vista tiene tatuadas las promesas a olvidar porque sigo esperándote detrás del crepúsculo, bañado de palabras, palabras en la búsqueda del placer que se vuelve fugaz al mirar dentro de ti en lo profundo del lago: tus ojos. Deseas escriba con sangre nuestros nombres; la arena traga los sinsabores y tu olvido. Caminas sobre la angustia, detrás del sauce nadie espera. Tú y yo somos la sombra, el llanto en el tiempo.

JUAN MANUEL ALSINA

TORSOS

JUAN MANUEL ALSINA

Es con hombres que amaso mi destino,

la secreta levadura de mis obras...

Ricardo Tudela

JUAN MANUEL ALSINA

CARTA A ROBERT MAPPLETHORPE

Para tía Meka

Robert, cada vez que veo a un hombre negro pienso en tí, en tu obsesión, en la filiación convertida en objeto de arte; pienso en los comentarios al vernos tomados de la mano, paseando por *5ᵗʰ Avenue* en compras rosas, flirteando, buscando amantes o simplemente un rostro, un cuerpo, para congelar en cartulina. La cámara deleitándose con facciones varoniles, toscas, sepias; nuestras manos hojeando torsos sin importar procedencia, la cama no pide recomendación ni títulos, sobre ella confluyen razas, sudor y placer.

Mapplethrope querido, cuántos negros quedan sin besar, cuántas poses el lente no ha cazado. Los suburbios de Brooklyn añoran tu presencia y la

[43]

incesante búsqueda de modelos. Las calles de Santiago de Cuba están pobladas de esos vástagos de África, en espera de alguien como tú que les ofrezca la Polaroide por unas instantáneas entre gladiolos y tulipanes. Si me visitas, te mostraré bellos ejemplares al estilo de Miles Everest para tu "Blacks and Whites" aunque no compartiré mis amantes morenos, la amistad no exige tanto. Como mariposas en primavera haremos safari por la Playita, el Stadium, los derrumbes de Maceo y de Merchán, los baños de los dos cines, los únicos cines, siempre de noche, siempre negros y sementales; los llevaríamos a Chelsea, no importa si perdemos la porcelana inglesa sin ofrecer el té, les hablaríamos sobre Servando, Warhol, Kavafis, con la certeza de estar echando perlas a los cerdos, porque ellos conocen, aunque a medias, de modas tan tardías como el invierno insular, trasiegos, Tego Calderón, Daddy Yankee y Winsin y Yandel.

Los puritanos –los que no se atreven- buscarán el lugar y la hora de apedrearnos, no por nuestra orientación – ellos también la tienen- sino por elegir el oscuro color. ¡Hipócritas! ¡Sepulcros blanqueados! Ellos ansían seducir a Baskiat pero él quiere posar para nosotros, con su miembro pintar graffitis en nuestros cuerpos, él nos amará igual que nos amó Croland.

A Milton Moore, Sausalito y a Jack Walls les daremos cita para el cementerio, allí maritaremos sobre las tumbas de Capote, Wilde y Arenas. Piñera nos espiará, nos cubrirá de insultos, nos envidiará. Patti Smith cantará las "Everybody hurt" y "My love will go on".

Robert, querido Mapplethorpe, qué felices seremos en el continente africano, sentirnos acosados y seducidos, frecuentar los burdeles como casas de culto, buscar dioses de ébano para los "X Folio", lejos de Wagstaff y Lorca.

Amigo, el malecón habanero nos espera, bocas de caimito, insinuantes, nos aclaman, no olvides la cámara y las ansias.

Tu lengua navega en mi boca, ahoga suspiros, me deja sordo, sin resuello. La mano en la espalda, tensa, invita a caer, siembra desorden en mi caos.

Fui violado. Estaba en el capullo. Aún cazaba mariposas en el arcoíris, las atrapaba con manos de niño-niña, las besaba, devolviéndolas al aire, al perfume, al jardín. Padre me violó. Maña y agresión fueron los componentes de su vejación. Irrumpió en mi vergel, empujó como quien deshoja un cuaderno, desgarró ropas y penetró. No lloré. Los hombres no lloran. Absorbí el dolor, los deseos de ser Isolda, Julieta, Rose.

Fui violado. Quise otra suerte para mi destino. Él truncó sueños, derribó castillos de naipes, me violó sin son ni danzón; a golpes y porrazos abrió la flor. Madre, rosario en mano, vista en el cielo, dijo: Hijo, recuerda Lucas 6,29; Mateo 18,22. Madre, no tenía otro trasero que ofrecer, di mi espalda, el mordió siete veces y siete veces gritó maricón.

Fui violado. Mi padre fue el perpetrador. Imitó al segador, como se arranca la mala hierba, se separa el trigo de la cizaña; arrancó de raíz los sueños, mis sueños de vivir el momento cursi: entregarme en cuerpo y alma al hombre amado, al príncipe azul, no importa si fuera estibador, letrado o bugarrón.

Fui violado. Si me hubieran pedido opinión, optaría por el jardinero del parque con su mal olor en los pies, al recogedor de basura y su ausencia de dientes, al barrendero de manos toscas y callosas, manos para apretar, listas para abofetear. Si la virginidad era cuestión de casa, en última instancia, mi hermano mayor. Pero fui violado por mi padre. Él me arrebató los juguetes, las flores y mariposas, gritándome maricón. Madre, con el corazón contrito, aconsejó: Hijo, recuerda Lucas 6,29; Mateo 18,22. Madre, quise ser violado por Wesley Snipes, Staler Hernández, Pierce Brosnan, ser ultrajado setenta veces siete por los chicos del barrio, los compañeros del aula, no por mi padre, no por mi padre, no por mi padre. Eso no.

Fui violado. Madre, ¿qué diré a mis amigos-amigas cuando pregunten mi primera incursión? ¿Les miento, madre, o les confieso "Mi padre me violó"?

Fui violado. Dime Madre, ¿en qué versículo encierro mi dolor? ¿Dónde jugaré lejos de las garras de mi

[48]

padre? ¿Dónde pongo las señales: "Cuidado, anda suelto el violador"? Madre, pon tu mano en mi corazón, mírame a los ojos, rézame:

Bienaventurados los niños violados porque de ellos serán todos los hombres de la tierra.

Bienaventurados los niños violados porque ellos heredarán el título de maricón.

Bienaventurados los que tengan hambre y sed de vergas porque serán recompensados con un padre violador.

Fui violado. Tengo tatuada la espalda de apretones y mordiscos. Dime Madre ¿debo llamar padre a mi violador? Tú, él y yo sabemos lo que pasó, recordemos Lucas 6,29; Mateo 18,22. Padre fue mi violador.

Bienaventurados los niños violados porque Dios los acogerá en su seno.

Los astros confabularon para la colisión, el silencio y el inhóspito lugar urdieron el filtreo. Semejaste al cazador, oteaste puntos cardinales acariciando lo vendible; los ojos en la zona exacta y un gesto congeniaron mercado. La ebullición revoloteó sobre nuestras cabezas, trampa tendida, caímos en la manigua: jardín de paz, sin prohibiciones, sin árbol del Bien y del Mal, sin ángeles guardianes, solo hierbas de terciopelo y nuestros cuerpos tumescentes. Al abrazarme me llamaste Clara, mi pelo suelto te recordó a Cristina, mis besos a Lourdes; me abandoné en tu confusión, te deseé como si fueras Rubén, besé los labios de Manuel, el pecho de Carlos. Los cuerpos fueron la enredadera de la alambrada. Me hiciste el amor militar: de pie, con las botas puestas, esposaste mis manos, la Makarof en el estómago, alucinando con Martha, evocando a Beatriz; eras Raúl, con brazos de Leonardo, muslos de Michel, sudor de Tomás. Nos entregamos, tú el hombre ansiado; yo, la mujer ideal. Torsos confluyendo en la promiscuidad de la noche, detrás de la música de los grillos y el murmullo de hormigas bravas. No hubo flores para coronarme, pero creí en tu promesa de vestirme con pétalos y perfumarme de miel. Tu uniforme sirvió de biombo, mis ropas, de sábanas. Volvías a Sonia, a Niurka, a Esther; Mariano y Pedro vigilaban mis ansias, Yunior y Luis mis caricias. No confesamos nombres, para qué, las sombras nos bastaban, todos los rostros eran conocidos, bebieron del mismo licor, saltaron por la ventana por temor a las cerraduras, tu cañón lo engrasó Xiomara, Bertha prendió la mecha; Rolando me hizo ver la luz del alba, Antonio me bañó con su nieve. Jugamos a las cartas, cada cual mostró el arma y la maña, ocultó las manos, la suciedad, las caras; amarramos la cuerda y rezamos sin esperanzas. Éramos tú y yo, solos, espiados por fantasmas, quién culpará a la mente de engañarse, fantasear con los que nos faltan; fuimos carne comerciable, juguetes baratos, bazares en rebaja, tú copulaste con el albergue de hembras; yo, con el de militares.

SENTIR TU TORSO Y SUS GIROS

A Yansel

El lienzo soporta íconos, estoy en su fondo como el Cristo de Dalí, en espera de tu sonrisa, partícula de parafina, hiedra adherida al velamen; la parusía será un segundo de alojarme en el cromatismo si prometes pintar mi corazón, así el somorgujo en su canto acercará nuestras vidas.

Desde el alba hasta el anochecer sueño con tu beso lleno de óleo, las sábanas dibujadas con héroes de granizo y eclipse, ángeles caídos resucitan caricias entre caballetes y pinceles. Ansío tu abrazo, no importa el tortuoso mediodía, la extrañeza de los guerreros, los lirios vendrán en tu boca, rodarán por mi espalda.

Golpea mis incisiones con los dedos embadurnados, abre el Cosmos, introduce la apostasía, pinta lunares en el pecho, el ombligo y las nalgas, ahógame en el desorden de tu entrepierna.

NO MÁS MIRARTE

A Maikel

No más mirarte hay bruma de estalactitas, migración al infinito. Tu luz disipa desvaríos, tiritan Musas ante el sacrificio: no poder verte llegar. ¿Quién perderá la apuesta? La arena te devuelve en sus contorsiones, la hojarasca te viste de furia y ternura, sangran ansias; el óleo escupe saetas, el tintero queda vacío y tu boca ofrece lo prohibido. Los Titanes cohabitan en tu cuerpo, es el muro donde choca mi océano. Marisma, estás sucia, abominable, las velas silencian el atardecer, la báscula se quiebra, desborda el licor. Quiero maniatarte al beso, hay mucho por explorar en tu mapa. Las Quimeras populan el acantilado, la escala queda fuera del alcance, un pantano lleno de oraciones vive en la ribera de tu piel, reencarnación del misterio. Volver a tus ojos, la palabra a medias, confesión inconclusa, tormento, la caricia encadenada a la espalda; al eclipsarme tu mirada, los pasos se pierden en la humedad.

Estás ausente y las Nornas lloran. Me pierdo en la maraña del humo, la mudez del reclamo; el ciervo en su piel tiene grabado tu nombre, él sólo habla con el viento en tu ausencia. ¿A quién reclamar los besos y el cuerpo del fugitivo? El corazón no es el cazador que yo espero.

AL OCASO DE MI CAMINO

A Yoanquis

Ven, sin miedo ni ataduras al ocaso de mi camino, hazme vivir la esperanza que otros anularon; dime si con tus bríos puedo comenzar. Ven, no importa el color de tu piel, el día de tu buena suerte, anuda mi existencia a tu salvación. Ven y arranca la incertidumbre que duele y espanta, trae la primavera en medio del otoño, cambia la tonalidad de esta habitación; no quiero volver al caos. Ven, olvida lo absurdo del reloj.

Una boca busca el beso del volcán. Las sombras andan. Me declaro en llamas, mi cuerpo se parte, tiene zanjas. Un álamo canta, me acompaña en mi lenguaje. ¿Cómo escapar de ti?

UN ADÁN

Quiero un Adán que al abrazar me estremezca, vuelva a nacer, con su presencia estimule la libido, erice la piel, bulla el cuerpo; ese Adán lo necesito, su hirviente lengua deslizándose por mis labios, pecho y espalda, su risa se enrede en el cabello, cale cada poro del cuerpo, el cuerpo abierto, regado por la desesperada y erótica humedad.

Quiero un Adán que acaricie tierna y dulcemente, su mano sea esponja en mi baño, me desnude con violencia, me bese, muerda el final de la espalda, logre alucinarme como un ciclón de constelaciones y lascivias; ese Adán sin timidez, entregándose por completo, con pasión, buscando la otra parte del secreto que mora en mí. Ansío este Adán que brinde gruesos y oscuros labios, regale mordida, ilícita manzana, invite al destierro paradisíaco.

Quiero un Adán que en su ausencia escuche su grave voz susurrando amorosas palabras, lujuriosas confesiones, despierte el alma; cuando a mi lado no está, busco su fragancia en el aire, en las sábanas, almohadas, en las ropas que olvidó. Un Adán a gritos pido, un Adán de carne y huesos, no quimérico, no de sangre azul ni un actor de Hollywood; un Adán común, real, que lo encuentre en la calle, una esquina, en un parque, en la cama. Ese Adán lo necesito en la casa solitaria, sus piernas cabalgando mi cintura, sus brazos enredados en mi cuerpo, sus manos acariciando, su respiración en mi cuello, el sudor fundido al mío, su sombra penetrando en mi silencio.

Espero impaciente tu llamada, el big bang estalló. Necesito acortes distancias, me ampares. La soledad lanza venablos.

Para Queki y Tukiña

Él adopta modales femeninos. El parque deja de ser lo que es para transformase en coliseo romano, la arena de combate -cazar o ser cazado, fiera y presa a la vez-. La imagen retoca el maquillaje, ríe superficial, habla en voz alta, recuerda al jazmín de noche, nace y desprende el aroma para atraer, tela de araña donde cae el cazador. Su trasgresión es hacerse llamar Paloma, Tormento, Catlyn, asumir el síndrome del Patito Feo. Memoriza canciones de Divas, sus íconos, entre ellas hay un abismo de cirugías y golpes de suerte. La noche es el escenario. El amante lo frecuentará por lo que esconde no por lo que aparenta; amante sufrido, frustrado, engañado como él; amante que lo toma/posee a modo de la marioneta. Los hombres, como los condones, son desechables, es su slogan y precepto; todos somos preservativos, un conducto, canal, donde los secretos están a merced de palabras, en los ojos del escondite. Somos parte de la sombra, árbol derribado, listo para convertirse en leña, llaga ulcerada, escándalo o escarnio. Sentado en su banco, de piernas cruzadas, habla sin parar, imita ademanes prestados, ropas y pelucas prestadas; logra confundir y seducir, sueña con Divas y actrices de Hollywood, corrigiendo el rímel y el color de los labios, con el alma cautiva en la cartera, esa cartera encierra su nombre de pila, no es María Carla, Rocío o Edith. Igual al jazmín de noche, trata de florecer a través de la bruma y la hojarasca. Al dormir volverá a ser lo que oculta, lo asediará su nombre de pila, el parque ya no será coto de caza hasta la próxima noche, tendrá bancos, jardines y árboles. Lo miro, es el espejo, la imagen que temo y amo en secreto, pero sigo siendo él, travestido de ella.

SUS OJOS MENGUAN AL MIRAR

A Yoan Manuel

Sus ojos despeñan luz, verlos desde el portal exorciza, son el brillo de la luna. El nácar y lo que se debe callar acortan su verde mirada, enloquecen, desencadenan pozos de besos y pasión. Al contemplarlos mi corazón no lo detienen tempestades. A sus pies pongo mi sangre a cambio de sentirme calado por sus ojos.

MARISMA

El sortilegio oculta, señala el camino, cuestiona la soledad, clava al epílogo la marisma, labios golpeados, intentar entre desesperación y lujuria, ser islas para dos.

JUAN MANUEL ALSINA

POLEN

JUAN MANUEL ALSINA

Quiero cantar la fruta de tu cuerpo
el olor vegetal de lo que es tuyo
ese vasto rumor del cielo y aire
que golpea en las ondas de tu dicha.
Ricardo Tudela

JUAN MANUEL ALSINA

Para Leonardo

Apareces como sortilegio. Te he visto encabritar el vermut, desbordar las fuentes. ¿Qué poder posees tierno león para precipitarme a tu risa, a tus ojos de primavera que enloquecen? Dime, personaje de Carroll, a qué álamo debo llorar, a qué abismo descender para vivir bajo tu sombra, soy esclavo de la luna y de ti.

Por un minuto en tus labios no me importa si fenece el Sol, las imágenes de los templos se desnudan, si los iconoclastas revindican muertos; Zeus pensó en tu belleza para crear dioses, el Olimpo custodia el aroma de tu sonrisa, eres gema que ansío clavar en mi pecho.

Mi Nirvana será un segundo en tus brazos, tu galopar por mi piel, ahogarme con tu aliento y me dediques el sueño.

Estoy amando a un hombre sin miedos ni moldes. Él sabe que lo amo y le gusta escucharlo, caer en el lecho, viajar por mi cuerpo, buscar la complicidad oculta. Estoy amando a un hombre que se desnuda. Me desnuda, besa detalles de mi piel, hace suyo el sueño, las ansias de volver una y otra vez. Estoy amando a un hombre que enfrenta el precipicio, graba los besos en mi sudor, teje la sonrisa al cabello y olvida las estaciones que viven en las sábanas.

PARA SUMERGIRTE EN MI CORAZÓN

Y luego seguiré hacia ti
para quedarme en tu seno
como una gota ilimitada
en un océano ilimitado

Kalil Gibran

Para Alexander

Para sumergirte en mi corazón, daga de polen rechazo,
alas del eclipse, enfrento la murmuración de la ventisca,
Napalm del cometa; nado en tus ojos de mitología,
especulación del beso, en las manos sudando,
acariciando, estrechando, en la mirada que se pierde en
el viaje al tocar las flores. El polvo de mariposas te viste
de gala, caballero errante, príncipe sin feudo, llegas a la

fiesta; todos se han ido, nadie quiere ser testigo o reo para la inquisición. Te alcanzo, beso y brindo calor. Sueño contigo en juegos con elfos y estrellas, amurallando el ocaso; besas la catarata, la espalda que duerme en el amanecer, saltas lo imposible. Tu valor es el trueno, espada que hiere verbos, lluvia bocarriba. Espero tu llegada con el arcoíris, amante de poesía, soy palmatoria para convertir nítida tu presencia, para palparte, real y agresivo, para sumergirte en mi corazón.

FRECUENTADOR DE BESOS Y POLEN

Éramos dos secretos
en el corazón de las tinieblas
que nos ocultaban.
Abú-L- Waud Abmad ibn Zaydún Al-Mayzúmi

Para Ernesto

I.

Falta tu música, los escaramujos tienden escalas, la procesión marcha sobre el cardumen y los abalorios no tienen eco. La bitácora es el laberinto del corazón, un diario inconcluso, abandonado a su suerte, acróstico de entintadas mariposas donde sueñan violines. Eres sauce cuando no llueve viernes 14, animal acosado en el viento, sin promesas. Tu nombre rima leyendas, invierno se arrepiente, la guillotina no florece, no hay viajes ni genealogías, dibujas un aniversario de papel, mi vestido de novia los espejos lo encadenaron, estás esclavo de tu silencio, mi cuerpo atas.

II.

Doce meses cazando huellas, el acantilado elude plañidos, la hora hiere mi silicio, al guerrero, alimentándome con sueños y ansias. Pernocto en el portal de la locura.

UN HOMBRE Y SU POEMA

A Edgar, él sabe

Leo a Walt Whitman y llegas con las estrellas, el aguacero en la piel; tu olor inunda la casa deshabitada, respuestas a medias, Inaudis y Frida Khalo espían. Llegas, salvador del náufrago, hospitalidad propicia para la locura; *Tú, mi sangre rica, ¡Tú, licor lechoso, pálido extracto de mi vida!** Con el aguacero en la piel vienes, cumples la promesa del atardecer, dices pétalos, caricias, bebes lo inaudito, siembras el yo profundo. Tu olor inunda la casa deshabitada, el incienso espera la ceremonia, sacerdote, virgen, holocausto, acompáñame esta noche y poseerás el origen de todos los poemas.

*Kavafi

Cómo conocerte si nunca te aprendí. Estoy en la esquina, soy el demente a quien se le roba la razón; te ofreces frío, cruel, el abismo sangra con la soledad. Soy neófito de la marioneta que el humo confunde. Dónde buscarte si eres etéreo.

Para Ernesto

Galeón mío, encalla en esta orilla, refracta velas, analógicos fetos, el espacio queda a la intemperie, gestan miradas, ocultas intenciones encierran la marea que adolece, finge orgasmos en la arena. Solo importas tú. Colisionas contra Polifemos: inseguridad, y en mi cabeza quedan disfraces en subastas, no llueve sobre el pacto del corazón; los remeros guían, la fetidez impulsa, obsequia bríos, ahoga la zozobra (esa no es la misma de ayer). Ráptame, necesito invisibles grilletes, atarme a lo perdido; no hay carcelero para presenciar mi asesinato en el tercer acto. Encantador de cancerberos, dame la llave de la tormenta, agita el velamen en pos de la inquisición, instruye la sinfonía que viene y va como las promesas, deja naufragar el color del otoño, sangre pagada con pederastia.

Galeón mío, deshace las burbujas de puñales, sufre un abrazo, consultas a Delfos aunque sabes que la necrópolis te inscribió en el obituario; huele la humareda, no existen Tristán e Isolda, no florecen Hamlet ni Ofelia, no viven Dante ni Beatriz, no están Ulises ni Penélope; todos naufragamos en tu piel versificada por Safo y Anactoria, bajo el dominio de Adriano y Antinoo. En la proa de tus ojos hay sinsabor de labios, mentiras de Moiras, la desconfianza a la traición, impulso que teme no decir, de claudicar, marchar al holocausto.

Viajero, vienes y te vas, vives de mis entrañas, busca tu selva al final de la tristeza.

Y SI ME MARCHO

Para Ernesto

A cualquier geografía, en cualquier estación, con las promesas en la espalda; a través del calidoscopio veré borrarse nuestros horizontes, la luz será día de luto, pecado... y llorar por dentro.

Y si me marcho, del gorrión alas truncadas, tal vez asesinemos sueños para que no nos delaten ante los ojos; llevaré el Arca de la Alianza porque el retorno vive del polen, del rocío, de la fragancia del sándalo.

Y si me marcho, los libros quedarán a medio leer, las historias y fábulas se suicidarán, los corazones, tan temerosos y frágiles, estarán sin refugio, a merced de las murmuraciones; los pasos se perderán con la prisa, en el paredón del tiempo.

Y si me marcho, las Calamidades envestirán los Puntos Cardinales, la niebla oprimirá Casa de Lágrimas, el ejército invasor pisoteará el Jardín, fotos y pergaminos presos en Auschwitz.

Y si me marcho, te dejaré mi piel y mi alma como talismán y enigma, me llevaré las mentiras que deseé escuchar el fin de semana y tu sudor para arroparme, para que me acompañe en el peregrinar hacia el Cosmos.

Y si me marcho, contaré el calendario al revés para calmar la sed de las Parcas, me tatuaré las tonterías cotidianas obligadas a olvidar, brindaré por los novios recién muertos y el *anjou* envenenado.

Y si me marcho, quizás para siempre, los anhelos quedan en el iceberg, fluctúan en el puerto de incertidumbres, en un país extraño.

Para Ernesto

Rastreador de perlas, el viento del norte te abortó a este abismo, qué harás cuando encuentres la concha vacía.

Soy un extraño, el transeúnte raro, intentando acompañar tu camino; poder aspirar el sudor, rozar tu brazo, pedir disculpas y volver a palpar el cuerpo. Tal vez no te percates o prefieras ignorar que sigo tus huellas. Verte estremece el alma, delata tartamudeo, no hilvano las palabras; frecuento el banco donde sueles sentarte, beso la parte que ocupas, acaricio el espaldar para absorber la energía que dejas. Te sueño oculto en las sábanas, pintando la piel con besos, las manos en mi cintura, regalando la realidad de hombre casado, el hombre quien antes de entregarse bebe y al despertar acusa al alcohol; el hombre amante de sitios oscuros, temeroso del delator. Eres un dibujo en el pensamiento, una foto robada, juglar errante y esquivo; la madrugada se hace cómplice para besar tu póster en la entrada del cabaret, palpo la portañuela, siento lo que guarda y encierra, me excita, me masturbo imaginando el regalo. Cuántas veces he pagado la entrada para verte, escucharte, disfrutarte; al terminar la función, te custodio por la calle solitaria, a través de las Estaciones y el vaho de los maleantes, tramando la justificación por la tardanza a mi amante. Quizás nunca me abraces, nunca pronuncies mi nombre, nunca sientas la humedad de mi boca, el olor de mi habitación. Soy el transeúnte raro, polvillo que acecha el sendero.

Estoy bajo la piel del cometa, del sol que se alimenta de cuerpos, del sueño devorador de cabezas. No estás ya para salvarme.

Pero sus palabras habían herido en mí el enigma que durante años de muchacho había acompañado todas las horas y del cual nunca había dicho a nadie una palabra.

Hermann Hesse

Luces y sombras opacan la transparencia de tu vacío, continúas en la nave de la incertidumbre, tus Quejidos ahuyentan gritos, la desilusión es el arma fabricada a tu destino. Arde el cuerpo ante el deseo del abrazo, el corazón acorazado es un castillo de naipes, cartas al revés; la piel está herida de atardecer, piel tatuada de fugas y pecado. Tu rostro melancólico vive en un océano de palabras, palabras que delatan el oficio, los pasos vacilantes, tu vida a la deriva.

Irrumpes como los sueños y como los sueños desapareces. No creas en la realidad, hay más reyes que amantes.

AUSENCIA

Y en tu ausencia
las paredes se pintarán
de tristeza y enjaularé
mi corazón entre tus huesos.

Enrique Bunbury

Para Ariel II

I.

Aquí estoy con tu ausencia, rasgando lágrimas, jirones del alma son mis carceleros. La tarde muere y no llegas, faltan farolas en esta bóveda, mi pena se suicida. La nostalgia por tu piel me sostiene, la invitación para citas a ciegas cuelga del patíbulo. No hay sueños. Inseguridad es tu compañera, te abandonó a mitad del beso, justifica negación, tu negación, preguntas sin respuestas.

II.

Soledad en rincones, frases inconclusas, botellas vacías, cigarros apagados y no sé qué hacer. Tu sangre será la chispa para encender el alma.

Y cuando, en fin, todo está dicho,
puesto el sombrero, al hombro el saco,
viene el adiós…

Eliseo Diego

A Michel

Quedó la ciudad para ocultarnos, descubrimos sorpresas y parques, el caramillo del ángel: la promesa de resucitar de nuevo.

TUS BOTAS

No atravesaron el umbral, pero el ruido cubrió cortinas, ahuyentaron polvo del techo, estremecieron mampara del mandarín, cubrieron guarida de hormigas, las nubes tejieron la estela donde llevarías los pasos, cosmos de temerarios teutones, conquistadores de gladiolos y la risa de la escarcha. No son militares, sin embargo, marchan en pos del nacimiento de la tormenta, hacia la frontera del imposible eclipse, tierra removida con la forja del enano, hierros traqueando a través del tallo de la libélula. Los espías quedaron ciegos ante el resplandor, el brillo niega intrusos, ofrece néctar al que acoge y cobija porque la pulcritud tiene enemigos. Tus botas no son barcos, pero sirven para naufragar, encallar en la isla de góndolas, tienen el compás del rabel, la danza de la odalisca, menguan a favor de la caricia, la sombra es regalo en la quietud del descanso.

Tus botas no atravesaron el umbral, pero despertaron los ojos del cadáver, huésped del ciempiés, el ruido removió el pecho del soñador, contó las horas en el reloj de arena, los minutos del ahogado en aroma de su esencia, contienen mensajes de ciclones en botellas; huelen a piel, sudor y hombre atrevido. Mil lenguas lamen betún, cordones, lascivia cual espuma abraza, empapa, emborracha. Dormir con ellas, deseo del arlequín, de vírgenes casamenteras, portadoras de luz y aceite y cartas de amor de Ludmila Quincoces; el flautista de Hamelín no podrá exorcizarlas, ellas son la meca en medio del vacío, péndulo-lluvia-viento de amantes suicidas, escarnio, redención, el francotirador y la diana.

Quisiera tener tus manos entre las mías. Tus manos de palmeras, blandas, que semejan espuma; remontarlas es la aventura del huracán, escaladores del Everest. Ver tus manos cerca del rostro recuerdan aleteo de gaviotas en el atardecer, pueden ofrecer el calor de la hoguera que llevan implícito. No me fío de ellas, pueden ser tan abrasadoras como lava, tan agresivas como zarpazo de pantera, tan violentas y destructoras como alud en las montañas. Lo dulce y lo amargo se puede beber de un solo sorbo. El caramelo y el jengibre llegan sin que se les invite porque las manos vienen y van a su voluntad. Quisiera tener tus manos entre las mías. Verlas atravesar el vacío de un saludo, lo sutil de la sonrisa, la magia del sudor y la suciedad cohabitando en el trabajo diario, entre el fango florece el nin y extasía al monje contemplativo, al anacoreta despojado del sentimiento superfluo y la belleza fatua. Las contemplo con asombro y parece irreal verlas próximas y no poder palparlas, recorrerlas por toda su extensión y hermosura. Ellas pueden armar un cuerpo desnudo y ocultarlo en su bóveda, resguardarlo de los malos augurios, del légamo de la envidia y de las piedras de los puritanos. No soy dueño ni puedo comprarlas cual flores o peces de colores, solo ansiarlas en la lejanía, poder echar perfume en sus cuencas y navegar con todos los deseos; ¡ay!, Mapplethorpe, quién te viera fotografiando esas manos seductoras, de dedos extensos como la selva amazónica, suaves como lana de cabritos, oscuras, igual al dátil. Esas manos de ébano, de dedos de pianista, de ebanista, escultor, pintor dormido; manos de falanges prominentes y candorosas serían los celos de Piñera, el sueño de Pedro Ara; las quisieran Da Vinci, Belkis Ayón, Raúl Martínez, Servando Cabrera, objeto de devoción del Bosco, Basquiat las codiciaría para alargar grafittis en la espalda de Warhol; Mozart para interpretar su Réquiem, Bethoven para escuchar sus sinfonías, Nico dedicaría blues enamoradizos, Paganini silbaría sobre su maldito violín. Quisiera tener tus manos entre las mías, no importa si para acariciarme, abrazarme, rechazarme o golpearme, solo deseo tenerlas cerca; sentirme acosado, custodiado, amenazado, quien no arriesga no triunfa, reza el refrán, y arriesgo mi integridad por tener próximas tus manos de ébanos, de falanges alargadas y finas, semejando palillos chinos, obeliscos, que proyectan la sombra donde refugiarme.

No son manos de héroes, no fueron creadas para conquistar batallas, tejer historias épicas, ellas son el triunfo y el premio, el contenido sublime del ánfora imperial; manos de dioses para cubrir con los mejores aceites árabes, incienso hindú, reverenciarlas en un altar, besarlas, besarlas, besarlas hasta el paroxismo, hasta la parusía, no importa el costo de la idolatría y trasgresión. El Paraíso, el Olimpo, el Parnaso, son ficticios sin unas manos de dedos tan largos, blandos y bellos como esas que deseo.

Restaura este templo en ruinas, amaina la cólera de la espuma, embiste a la bestia, necesito que me salves. Rescata mi alma del juego de las Parcas. Con ella perfuma mis labios, dame la promesa del polen.

Crepúsculo, torsos y polen
de Juan mAnuel Alsina, concluyó su proceso
editorial en julio de 2019 en la ciudad de Houston, Texas
Estados Unidos de América

www.ingramcontent.com/pod-product-compliance
Lightning Source LLC
Chambersburg PA
CBHW032106170626
46808CB00008B/2958